CATALOGUE

DE

DESSINS ANCIENS

Des Écoles Flamande, Hollandaise et Française

BELLES GOUACHES

ET

ESTAMPES

DES DIVERSES ÉCOLES

Les Œuvres de **PLOOS VAN AMSTEL**, **KLEIN**, etc.

Provenant de l'Étranger

DONT LA VENTE AURA LIEU

HOTEL DES COMMISSAIRES-PRISEURS

RUE DROUOT, N° 5

SALLE N° 4, AU 1er

Le Jeudi 19 Avril, les Estampes;
Les Vendredi 20 et Samedi 21, les Dessins.

A 1 HEURE PRÉCISE.

Par le ministère de M° **DELBERGUE-CORMONT**, C°°-Priseur,
rue de Provence, 8,

Assisté de M. **VIGNÈRES**, marchand d'Estampes,
rue de la Monnaie, 13, à l'entresol, entrée rue Baillet, 1,

CHEZ LEQUEL SE DISTRIBUE LE CATALOGUE.

EXPOSITION PUBLIQUE

Le Mercredi 18 Avril 1860, de 1 heure à 4 heures.

1860

CATALOGUE

DE

DESSINS ANCIENS

Des Écoles Flamande, Hollandaise et Française

BELLES GOUACHES

ET

ESTAMPES

DES DIVERSES ÉCOLES

Les OEuvres de **PLOOS VAN AMSTEL, KLEIN,** etc.

Provenant de l'Étranger

DONT LA VENTE AURA LIEU

HOTEL DES COMMISSAIRES-PRISEURS

RUE DROUOT, N° 5

SALLE N° 4, AU 1er

Le Jeudi 19 Avril, les Estampes;
Les Vendredi 20 et Samedi 21, les Dessins.

A 1 HEURE PRÉCISE.

Par le ministère de M° **DELBERGUE-CORMONT,** C¹ᵉ-Priseur,
rue de Provence, 8,

Assisté de M. **VIGNÈRES,** marchand d'Estampes,
rue de la Monnaie, 13, à l'entresol, entrée rue Baillet, 1,

CHEZ LEQUEL SE DISTRIBUE LE CATALOGUE.

EXPOSITION PUBLIQUE

Le Mercredi 18 Avril 1860, de 2 heure à 4 heures.

—

1860

ORDRE DES VACATIONS

Jeudi 19 *Avril.* — Les Estampes.
Vendredi 20. — Dessins, de   1 à 250,
Samedi 21. — Dessins, de 251 à la fin.
Les Gouaches à 3 heures.

L'ordre du Catalogue sera suivi.

On commencera à une heure précise.

Les attributions de l'amateur ont été conservées pour les Dessins.

—————

CONDITIONS DE LA VENTE

La vente sera faite au comptant.

Cinq pour cent en plus des enchères, applicables aux frais.

—————

M. VIGNÈRES, faisant la vente, se charge des commissions.

Nota. Toute commission sans prix fixé ou sans limite déterminée sera regardée comme nulle.

M. Vignères se charge de faire marquer les prix aux Catalogues des ventes qu'il a faites; les amateurs qui le désirent peuvent s'adresser à lui *franco.*

Plusieurs amateurs éloignés en ont reconnu l'utilité pour les guider dans leurs achats sur les valeurs des Estampes.

Pour rendre service aux personnes ayant le goût des Arts et des Collections, MM. les Amateurs qui reçoivent des Catalogues sont priés de les communiquer à leurs amis.

5	Aquila fils	Maiton	4	
8	Ariel Jeunesse flute	Ollivier	2	
25	Thomas à Kempis en pied in-8°		2	25
62	Thoreau Jesus	Sanbine	5	
71	Lucas 1854		10	
87	Galbrun	Moreau & Simon	16	
101	Carrier charité	Maiton	3	
122	Vendome	Moreau	4	
136	Landry Gentis	P^de Goué	9	
144	Montenil Barberin	Sanbine	9	
183	Copie De Six	Robertson	4	
194	Pesne	Hardrin	8	
223	Vinkler	Maiton	10	
234	Bergheim	Maiton	8	
245	Leaman	Ollivier	3	
11	Asselyn Dessins	Duval	6	
95	Dictt	Duval	9	
326	Guerin	Duval	11	
418	Croost	DeRoux	9	
452	Waterloo	Duval	17	
			151	
			7	4
			159	35

DÉSIGNATION
DES ESTAMPES

1 **Allard** ex., d'après Vinkeboom. L'Affront fait à la Guerre par les Pacificateurs maladroits. — 1 50

2 — La Guerre contre la Mort qui détruit tout. — 1 50

3 **Anonyme**. Portrait de Jean Racine. Petit f°, marge. — 1

4 **Aquila**. Bataille d'Alexandre et Darius. D'ap. P. de Cortone. Belle p. en 2 feuilles. — 4 25

5 — Fête de Bacchus. — Sacrifice à Diane. D'ap. P. de Cortone. 2 p. très-belles. — 4 »

6 **Ardell**, d'ap. Rembrandt. Le denier de César. — 2 50

7 — D'ap. Schalken. Psyché et l'Amour. Avant toute lettre, marge. — 5

8 — D'ap. Molenaer, Joueuse de flûte. — 2 »

9 **Audran** d'ap. Dieu. Jésus guérissant les malades. Grande et belle p. — 2 25

10 **Aveline**, d'ap. Vischer. La Folie. Belle épr. marge. — 2 25

11 **Baillie**, d'ap. Rembrandt. Le Peseur d'or. Très-belle ép. Chine. — 1

12 — Portrait équestre de William, prince d'Orange. Superbe épr. avant Published. Papier du Japon. — 4 25

13 — D'ap. Eckhoud, Daniel prouvant le faux témoignage des vieillards contre Suzanne. — 4 50

14 **Bakhuizen** (L.). Son OEuvre de Marines. Belles épr. anciennes, avec marges. 12 p., y compris portrait et titre. — 44

15 **Balechou**. L'Enfance, d'ap. d'André Bardon. Belle ép. marge. — 1 75

0		16 **Baudet**, d'ap. Carrache. Martyre de Saint-Étienne. Sup. ép.
2	*25*	17 **Bauduin**, d'ap. Vander Meulen. 4 Paysages.
4	*25*	18 **Beauvarlet**. Le Jardinier — La Fruitière. 2 p. d'ap. Vanasse. Sup. épr. marge.
1		19 — L'Éplucheuse de salade. D'ap. Jeaurat.
5		20 — D'ap. L. Jordans. L'Enlèvement d'Europe. Très-belle épr. marge.
2		21 **Bella** (Stef. Della). Et pace et bello. 4 p.
2		22 — Suite de Paysages dediée au prince de Bourbon. 12 p. Belles ép.
2	˙23	**Berghem** (N.). La Vache qui pisse.
3	*25*	24 **Berghem** (D'ap.). Suite de Brebis. 8 p. Valck.
2	*25*	25 **Bloemaert** (D'ap. A.). Thomas a Kempis ad vivum. En pied, in-f°. F. B. fecit et excud.
1	*50*	26 — Les Éléments. 4 p. très-belles.
2	*25*	27 — Paysages, les Baraques, 19 p. belles.
2	*25*	28 **Bloteling**, d'ap. Ruisdael. Vues aux environs d'Amsterdam. 6 p.
1		29 — Allégories. — L'Age d'or. 2 p.
6		30 **Boissieu**. Le Gué. D'ap. Berghem. Ancienne et belle ép. avec marge.
2		31 **Bolswert**, d'ap. Bloemaert. Adoration des Bergers.
1	*75*	32 **Bosse** (D'ap. Ab.). 3 p. de l'Age de l'Homme.
19		33 **Boucher** (D'ap. F.). L'Enlèvement d'Europe, par Duflos. Très-belle ép. avant toutes lettres.
8		34 — Enlèvement d'Europe et Naissance de Bacchus, par Aveline. 2 p. belles épr.
5	*50*	35 — Jupiter et Léda, par Ryland. Belle épr. marge.
5	*50*	36 — Sylvie délivrée par Amynthe, par Gaillard. Belle épr.
8	*50*	37 — La Baigneuse surprise, par Daullé. Belle ép.

Bailleau 15 Ollivier

Bancel 12

38 — Les Charmes du Printemps. — Les Plaisirs de l'Été. — Les Délices de l'Automne. — Les Amusements de l'Hiver, par Daullé. Très-belle suite, marge.   *44*

39 — Le Moineau apprivoisé, par Gaillard Belle ép.   *5*

40 — L'Amour enchaîné par les Grâces. Charmante composition, chez Beauvarlet.   *22*

41 — La Bascule. — Le Colin-Maillard. 2 p. par Beauvarlet, superbes épreuves avant toute lettre, marge.   *42*

42 — Les Charmes de la vie champêtre. Très-belle ép. marge.   *10*

43 — La Jeune Bergère, par Voyez. Belle épr.   *5*

44 **Boulanger** (J.). François-Isidore de Haynin. Belle épr. d'un beau portrait, avec marge.   *2 7*

45 **Bout** (P.). Les Marchands de Poissons. B. 1.   *2 9*

46 **Breenberg**. Joseph distribuant du blé. Très-belle.   *1 7*

47 — Martyre de Saint Laurent. Pendant.   *1 50*

48 **Breughel**. La Fête de village Pièce curieuse et drolatique, 1601.   *3*

49 **Brussel** (H.-V.). Son œuvre de Paysages, avec son Portrait. 16 p.   *3 5*

50 **Bye** (Marc de). Les Ours. 16 p. B. 61-76.   *1 5*

51 — Différents Moutons. 16 p. B. 79-94.   *2 5*

52 **Bylaert**, d'ap. Wouvermans. Le Cheval qui pisse. Fac-simile de dessin.   *1*

53 **Callot**. La Passion. 7 p.   *3 75*

54 — Combat à la Barrière, entrée de Son Altesse, de MM. de Macey, de Lorraine et autres. 7 p.   *3 25*

55 — Les Supplices. Très-belle épr., la Vierge se voit.   *30*

56 — Grande Chasse au Cerf.   *1*

6 50   **57 Cars** (D'ap.). Bethsabé et Suzanne. 2 pièces très-belles.

3   58 — D'ap. Lemoine. Andromède. — Le Temps découvrant la Vérité. 2 p. superbes ép., marge.

1 25   **59 Châlon** (C.). Groupes de Femmes et enfants. 6 p.

1   **60 Chasteau**, d'ap. Carrache. Martyre de Saint Etienne.

5   **61 Chatelain.** Paysages, d'ap. Guaspre. 7 p.

Vq 5   **62 Chereau**, d'ap. Berlin. Jésus lavant les pieds à ses disciples. Très-belle ép. marge.

5   **63 Coch** (H.) *excud.*, d'ap. Breughel. Le Charlatan dit Kysneider. Pièce drolatique, très-belle et rare.

6   64 — La Foi, la Force, l'Espérance, Justice, Prudence, Tempérance. 6 p. drolatiques.

5 50   65 — Le Gras se sauvant des Maigres, l'Orgueil, le Goût et autres pièces drolatiques. 6 p.

3 50   **66 Corrège** (D'ap.). Mariage de Sainte Catherine, par Picart. Belle.

3 25   **67 Cuyp** (A.). Les Vaches. 6 petites pièces à l'eau-forte.

2 75   **68 Danckerts**, d'ap. Holsteyn. Nymphes faisant danser des Amours.

1 75   69 — Bacchanale.

3   **70 Daullé**, d'ap. Jeaurat. La Muse Uranie. Belle.

Vq 10   **71 Desplaces**, d'ap. Largillière. Portrait de Mlle Duclos, actrice. Très-belle ép.

8   **72 Dies.** Vues en Italie. 8 p. Très-belles.

1 75   **73 Dixon**, d'ap. Ward. Portrait de Nabab omdut, Persan. Très-belle ép. in-f°.

3   **74 Drevet**, d'ap. Restout. Jésus sur la montagne des Oliviers. Superbe ép. grande marge.

Haitan 6

Lautent

Drag. 10

Ollivier
Représentant

Guépin 10   Moreau 20   Jérôme 13
           B. S. Amand

                      Robertson 4

          . Huillon 4

                      Robertson 6
                      Robertson 7

75 **Drouais** (D ap.). Les Enfants du duc de Choiseul jouant avec un chien, par Beauvarlet. — Les Enfants du roi de Sardaigne jouant avec une marmotte, par Melini, 2 p. Très-belles ép. marge. *13*

76 **Dusart** (C.). Les Crieurs, planche ovale. B. 1. *1 25*

77 — Les deux Chanteurs. B. 6. *2*

78 — La Ventouse. — Le Chirurgien. B. 12, 13. 2 p. *3*

79 — Le Cordonnier renommé. B. 14. *1 50*

80 — Le Violon assis. B. 15. *4 50*

81 — La Fête du Village. B. 16 et contre-épr. *3*

Toutes ces pièces sont belles ép.

82 **Earlom**, d'ap. Hobbema. The Water mill. Sup. ép. manière noire. *16*

83 — Georges III. La reine Charlotte et sa famille, d'ap. Zoffani. Belle épr. *6 50*

84 — Elie ressuscitant l'Enfant de la veuve, d'ap. Rembrandt. Belle ép. *4 25*

85 **Eisen**, le père (D'ap.). Les petits Bouffons. Sup. ép. avant toute lettre. Grande marge. *9 50*

86 **Faber**, 1754. D'ap. Huls. Cavalier jouant de la guitare. Très-belle ép. *5*

87 **Flamen** (A.). Poissons de mer. B. 1 à 12. *10*

88 — Seconde partie, manque 1 et 3. 10 p. *10*

89 — Troisième partie, manque 1 et 2. 10 p. *8 50*

90 — Poissons d'eau douce. B. 37 à 48. *15*

91 — Seconde partie. B. 49 à 60. *20*

92 — B. 2. 3. 82. 83. 4 p. Ces pièces sont belles ép. *4 25*

93 **Freudeberg** (D'ap.). L'Horoscope accompli. *1*

94 **Frey** (J. de). L'Architecte de la marine et sa femme. Sup. ép. avant la lettre. *6 50*

95 — Officier, avant la lettre. Sup. ép. *3 25*

96 — Peleuse de Pommes et Homme dormant. 2 p. *1 75*

97 — Le poëte Brederode. *2 50*

2 25   98 **Galle** (C.), d'ap. Seghers. Jésus en douleur, avec Anges de chaque côté.

2   99 — Saint Thomas d'Aquin. Très-belle ép. d'ap. Diepenbeck.

2 25   100 — Vision de Saint François.

Vig 3   101 **Garnier**, d'ap. Blanchard. La Charité, 2 p. dont une contre-épreuve.

7   102 **Gessner** (S.). 10 Paysages dediés à M. Watelet.

9   103 — 10 Sujets pour Idylles. Paysages.

8 50   104 — 12 Paysages arcadiens.

3 75   105 **Green**, d'ap. Teniers. Sept Buveurs dans une tabagie. Sup. ép. avant la lettre. Grande marge.

2   106 **Haeften** (Attribué à). Intérieur de paysan.

3 7   107 **Haid**, d'ap. Dietrich. Présentation au Temple.

3 25   108 — D'après Casali. Bacchanales d'Enfants. 2 p.

6   109 **Heche** (J.-V. de). Différents animaux suite, de 12 p. Complète.

3 25   110 **Heemskerck** (D'ap.). Temple de Jupiter Olympien. Tombeau de Mausole. Temple de Diane à Éphèse. Colisée, 4 p. Sup. épr.

1   111 — Tobie et Charité. 2 p.

4   112 **Hogarth**. Gin lane. Belle ép. marge.

2   113 **Hooghe** (R. de). Le Parc d'Anguien. Belle.

3 50   114 — Mardi-Gras de coq-à-l'ane.

4   115 — L'Epiphane du nouveau Antéchrist, 1689.

2 75   116 — Monarchies tombants.

2 75   117 — Bataille de Bellegarde, 2 p. Rare.

1 25   118 **Husly** (J.-O.). Détails d'architecture de l'Edifice de la Société des Arts et des Sciences, Félix Meritis. 11 feuilles, dont 3 de texte.

3 50   119 **Inconnu**. Louis d'or. 2 p. sur Louis XIV.

1 25   120 — Maréchal de Tallard en pied et Ordre de bataille. 2 p.

Moreau 15

Imp. 50

C.te de Ganat 10

121 — Louis et l'Essayeur. Texte. 2 p. 2 25

122 — Le Nouveau conseil du cabinet de France, touchant Tournay. — (Vendôme sur un char) — Pièces satiriques relatives au règne de Louis XIV. 8 p. très-curieuses ; pourront être divisées. 4 Vo₁ / 10

123 **Ingouf** jeune. Canadiens au tombeau de leur enfant. Belle épr. 1 75

124 **Janinet**, d'ap. Robert. Colonnade et jardins du palais de Médicis. — Restes du palais de Jules. 2 p. gravées en couleur. 4

125 — Ruines d'architecture romaine. 2 p. gravées en couleur. 4 75

126 **Joullain**. Portrait de Desportes, en chasseur, en pied, d'ap. lui-même. Avant toute lettre. 4 25

127 **Kessel** (Th. Van), d'ap. Van Hecke. Animaux. 6 p. 1

128 **Kleyn**. Son OEuvre, composé de 136 p. avec son portrait, par Mansfeld, et celui de Mansfeld par Klein. Sujets de chevaux, militaires, bestiaux, etc. Très-belles et anciennes ép. 52

129 **Knapton**, d'ap. Guerchin, Panini et autres. 10 fac-simile. Pourra être divisé. 3 50

130 **Kobell** (J.) Suite d'animaux. 4 p. Belles ép , marge. 3

131 — Têtes de vaches, etc. 3 p. Sup. ép. sur Chine. Rare. 1

132 **Kolbe**, d'ap. Gessner. Paysages en hauteur et en travers, idylles, etc. 25 p. Sera divisé. 13 50 / 11

133 **Koninck** (J.). Buste d'Oriental. B. 69.

134 **Kuiper**. Monument à la mémoire de Hoofd. Avant la lettre. 1 50

135 **Lancret** (D'ap.). L'Hiver, en travers, par Larmessin. Sup. ép. 4

136 **Landry**, d'ap. Gribelin. Portrait de Florimont Brulart de Genlis. Belle ép. in-fol. 9 Vig

2 25 | 137 **Langlois**. La Ménagère hollandaise, d'ap. Wan-tol. Très-belle ép. toute marge.

4 25 | 138 **Lauwers**, d'ap. Diepenbeck. Saint Agabus, saint Albert, J. Chisius, Francus Senensis, le pape Honorius III. 5 p.

3 50 | 139 **Le Clerc** (Séb.). L'Académie des sciences et des arts.

3 25 | 140 **Leveau**. Vue du Mail d'Utrecht. 4 p. Belles ép.

4 75 | 141 **Leyde** (Lucas de). Adoration des Mages. B. 37.

1 | 142 **Limburg**. Hercule. Belle ép.

5 | 143 **Loir**, d'ap. Jouvenet. Le Christ descendu de la croix. Sup. ép. marge.

2 25 | 144 **Marcus**. Ruines de Leide après l'explosion du bateau de poudre. Sup. ép. avant l. l.

4 50 | 145 **Mariette**, d'ap. Le Brun. Jésus servi par les anges après la tentation du démon. Très-belle ép.

4 75 | 146 **Masson** (A.), d'ap. Mignard. Portrait de Brisaeleer, secrétaire de la reine. Très-belle ép.

7 | 147 **Matham**. Les Sept Vertus. B. 125 à 131.

4 | 148 — Portrait de J. Barring Wuytiers, sur son lit de parade. Très-belle ép.

2 50 | 149 **Mellan**. Saint Alexis. La France s'appuyant sur la Paix. 6 p.

3 | 150 **Mérian**. Suite de 12 paysages. Très-rares.

2 25 | 151 **Michel-Ange** (D'ap.). Ganimède. —L'Emblème de la vie humaine. 2 p.

5 | 152 **Milatz** (F. A.). Son œuvre, Paysages. 6 p.

40 | 153 **Moreau** (J.-M.). Choix de chansons par de La Borde. Paris, 1773, avec 100 jolies vignettes. 4 volumes. Rares.

Vig 9 | 154 **Nanteuil**. Portrait du cardinal Barberin, 1er état. R. D. 20. Belle ép. grande marge.

5 | 155 — Barrillon de Morengis. R. D. 31. Belle.

Milan 20

Lambin

156 — Beaumanoir de Lavardin, évêque, 1er état. R. D. 34. Belle ép. grande marge.   *4 50*

157 — Victor le Bouthillier, archevêque de Tours. 1er état. R. D. 55. Sup. ép.   *3 25*

158 **Nieulant**. Grande vue, en 3 feuilles, du pont romain. Belle et rare.   *1 75*

159 **Nolpe**. Vue de Blockhuysen sur l'Amstel. Très-rare.   *1 50*

160 — Elias et l'ange, d'ap. P. Potter.   *2*

161 **Nolpe** (P.). Augustus. Bataille, avec les portraits de Turenne et de Montecuculli aux coins du haut. Belle p. historique.   *1 50*

162 — Mayus, Aqua, Aer. 3 p. d'ap. P. Potter, etc.   *1 25*

163 **Pater** (D'ap.). Mlle Dangeville la jeune, par Lebas. Très-belle ép.   *11 50*

164 — L'Orchestre de village, par Ravenet. Belle ép.   *4 75*

165 — Le Glouton, par Filleul. Grande marge. (Conte de La Fontaine.)   *9*

166 **Pérelle**, d'ap. Asselyn. Paysages en Italie, en hauteur. 6 p.   *2 25*

167 — Paysages, en travers. 6 p.   *1 50*

168 **Perrier** (F.). d'ap. Raphaël. Angles de la Farnesine, Psyché. 10 p.   *4 50*

169 **Petit-Bernard**. La Métamorphose d'Ovide, figures et entourages en bois. 64 p. Lyon, J. de Tournes, 1557.   *8*

170 — Stances de Ant. Du Verdier, en faveur de Gabriel Chappuys, en tête des Actes des apôtres. Fig. en bois. Lyon, 1582.   *3 50*

171 **Picart** (B.). La Fortune des Actions. Pièce curieuse sur le système de Law. Ep. grandes marges.   *2*

100 172 **Floos van Amstel**. Son œuvre de fac-simile de dessins, d'après Bega, Berghem, Bloemaert, Brouwer, Everdingen, Flinck, Goltzius, Lucas de Leyde, Rembrandt, Saenredam, Visscher, Th Wyk, Zaftleven, etc. 46 p. Magnifique exemplaire rare, dans un portefeuille.

3 173 **Fool**. Le Cercle des artistes, à Rome. Rare.

8 174 **Potter** (P.). Différens bœufs et vaches B. 1 à 8. Belles ép. 8 p. avec marge.

1 50 175 **Punt** (J.). Le Cocher anglais. Belle ép.

1 50 176 **Quaglio**. Intérieur, effet de soleil. Lithog. d'ap. Pierre de Hooghe, avec teinte.

8 50 177 **Raphaël** (D'ap.). La Frise des Médicis, bas-reliefs, par P.-S. Bartoli. 15.

1 75 178 — La Vierge à la longue cuisse. — Mort d'Ananie. — Combat maritime, par le maître au Dé. 3 p.

1 75 179 **Ravenet**. Les Fruits de l'Hymen, d'ap. Pillement. Sup. ép. toute marge.

4 25 180 **Rembrandt**. Vieillard à barbe carrée. B. 265.

2 25 181 — Portrait de Silvius, et la copie. 2 p. B. 266.

4 25 182 — Portrait de Clément de Jonge. B. 272.

4 183 — Copie du Bourguemestre Six. Belle.

3 85 184 **Rugendas**. Le Siège d'Augsbourg. 6 p. eau-forte pure.

5 185 — Batailles et campements. 8 p. avec teinte.

2 25 186 **Saenredam**. Allégories des conquêtes du prince de Nassau sur les Espagnols. B. 10.

2 187 — L'énorme Baleine sur les côtes de Benervic, avec la présence du comte Ernest de Nassau. Pièce très-curieuse. 1602. B. 11.

2 75 188 — Debora. — Judith. Belles ép. 2 p. B. 43-44.

6 189 — Les Divinités des sept planètes. 7 p. B. 73-79.

6 190 — Les Cinq Sens de Nature, 5 p. très-belles. B. 95-99.

Robertson 50

Aug 'r'

Robertson ...

Aug ;

1

Hard. 1.

Solution 3
Solution 3

Solution 3

191 **Savary**, d'ap. Rembrandt. Le Bon Samaritain. *2*

192 **Schendel** (G.-V.). Paysages. 9 p. *2 50*

193 **Schmidt** (G.-F.). Portrait de Gabriel de Caylus, évêque d'Auxerre. Jacoby 10. Sup. ép. marge. *7*

194 — Portr. d'Ant. Pesne, peintre. J. 69. Très-belle ép. marge. *8 1/4*

195 — Portr. de J.-B. Silva, médecin du roi. J. 52. Très-belle. *8 50*

196 — Portr. de Splitgerber. J. 87. *0*

197 — Portr. d'Henri Voguel, J. 64. *1 50*

198 — Tête d'hommes. J. 112-115. 2 p. à l'eau-forte. *3 75*

199 — Vieux militaire. 116. Belle. *4*

200 — Jeune seigneur en toque, d'ap. Flinck. J. 125. *4 50*

201 — Portrait de Schouwalof. Sup. ép. J. 143. *5*

202 — Mère de Rembrandt. J. 145. Sup. ép. *7*

203 — Agar présentée à Abraham, d'ap. Dietricy. J. 175. Sup. ép. marge. *5 50*

204 **Schmutzer.** Portr. de Chr. Guil.-Ern. Dietricy, peintre, d'ap. lui-même. Sup. ép. toute margé. *14*

205 **Serne** (A.). Paysages. 4 p. *1 50*

206 **Smith** (J.). Sainte Madeleine, d'ap. Schalken. — Dévotion, d'ap. Kneller. 2 p. Manière noire. *3*

207 — Sujets de tabagie, d'ap. Heemskerke. 2 p. *2 50*

208 — Diane et Actéon, d'ap. P. Berchet. Très-belle ép. *4 75*

209 — O rare Show. — L'Amour pleurant près du tombeau de Marie d'Angleterre. — Sainte-Famille et autre. 4 p. Pourra être divisé. *4*

210 **Sompel** (P.), d'ap. Soutman. Portrait de Ferdinand III, roi de Hongrie, Bohême, etc. *1 50*

2 50   211 **Strixner.** La Femme malade, d'ap. Mieris. — Jeux d'enfants, d'ap. Van der Werf. 2 p. lithog. avec ton.

2 50   212 **Suyderhoef** (J.). Le Bal des paysans.

1 75   213 — Le Coup de couteau.

2 50   214 — Portrait de J. Polyander.

1   215 — Portrait de J. Masterlius.

1 50 ·   216 **Troost** (d'ap.). Suypestyn. Maison de plaisance. Belle ép.

3 50   217 **Uytenbrouck.** Mercure et Argus. B. 18 à 23. 1er état. Suite de 6 p.

3 50   218 — Les Bergers d'Arcadie. B. 45. 1er état avant le nom. Sup. ép.

7   219 **Vanloo** (D'ap.). La Comédie. — La Tragédie. 2 p. par Salvator Carmona. Belles ép. marge.

1   220 **Velde** (A. Van de). Le Berger, la Bergère et leur troupeau. B. 17. Marge.

3   221 **Verkolje.** Intérieur avec scène des effets du vin et de l'amour. Belle p. en manière noire.

6   222 — Daphnis et Chloé, d'ap. Netscher. Très-belle.

Vig 10   223 **Vinkeles.** Salle de concert, Auditoire, Salle de physique de la société Félix Meritus. 3 p.

4   224 — Fête de l'Alliance. Belle pièce historique.

3   225 — Guillaume V. — Fredér. Sophie princesse d'Orange. 2 portraits équestres. Sup. ép. avant la lett. toute marge.

3 75   226 **Visscher** (C.). La Fricasseuse.

3 75   227 — d'ap. Ostade. Tabagie, deux hommes et femme.

2 75   228 — d'ap. Brouwer. Chirurgien pansant le pied d'un homme. Papier du Japon.

Ollivier   Mislan 5

Ollivier
Mislan 16

Maison 12

Ollivier
Mathieu 1.50

229 — Portrait de Vondel, célèbre poète hollandais. *1 50*

230 **Visscher** (J.), d'ap. Ostade. Paysans jouant au trictrac devant la porte de l'auberge. *3 50*

231 — Le Joueur de violon dans la tabagie. *2 75*

232 — Scène de cantine, campement, d'ap. Wouvermans. *2*

233 — La Trompette sonne. 2 ép. différent état. . *2*

234 — d'ap. Berghem. Animaux, paysages. 4 p. *8 Vig*

235 — Scènes de troupeaux. 4 petites p. *1 50*

236 **Visser-Bender,** d'ap. Cats. L'Été, l'Hiver. 2 p. avant la lettre. *2 25*

237 — d'ap. A. Van Velde. Beau paysage avec troupeau. Avant la lettre. *3 50*

238 **Vliet** (J.-G. Van). Le Marchand de chansons. B. 15. *2 75*

239 — Différents gueux et mendiants. B. 73 à 81. 8 p. sans l'adresse de Witt, *4 50*

240 **Wael** (C. de). Les Saisons. 4 p. Belles ép. *4 75*

241 — 4 p. des Cinq Sens, manque l'Odorat. *4 25*

242 **Wille,** d'ap. Dietricy. Agar présentée à Abraham. *3 75*

243 **Witdoeck,** d'ap. Schut. Saint Nicolas apparaissant à l'empereur Constantin. *3 50*

244 **Wysman,** d'ap. J. Steen. Carnaval hollandais. Avant et avec la lettre en couleur. 2 p. *3 75*

245 **Zeeman** (R.). Divers embarquements. 9 p. marge. *5 Vig*

246 **Zuccaro** (D'ap.). La Justice. — Saint Jérôme. 2 p. *1 50*

247 **Zylvett,** d'ap. Lingelback. Ports de mer. 4 p. *2 75*

DÉSIGNATION

DES DESSINS

1 AARTMAN et autres. 4 dessins paysages.   *2*

2 ALBANO. Conception de la Vierge entourée d'anges en adoration. Lavé à l'encre de Chine.

3 ALMELOVEEN. Rochers au bord du Rhin. A l'encre de Chine.

4 ANDRIESSEN (J.). Paysage arcadien avec monuments, fontaine, chariot et figures. Aquarelle capitale.   *4*

5 — Grand prêtre offrant un sacrifice devant un temple, figures, musiciens. Aquarelle pendant du précédent.   *3 75*

6 ANONYMES. Jeune Bacchus endormi. A la sanguine.   *1*

7 — Trois dessins, d'après Berghem et autres.   *1 25*

8 ANTONISSEN (H.-J.). Vue du pays de Havelet, paysage avec bestiaux. Belle aquarelle.   *9*

9 APPEL (J.). Rivière et paysage avec vaisseaux, moulin, etc. Aquarelle.   *1 25*

10 ARP (Van). Repas de carnaval; on mange des gaufres au son du violon. Au bistre.   *4 50*

11 ASSELYN (J.). Chute d'eau et ruine à Tivoli. Très-capital. A l'encre de Chine.   *6 1/4*

12 AVERCAMP (H.). Jeune dame jouant de la guitare; au fond, une armée en marche vers une ville. Aquarelle.   *1 25*

13 — Nombre de bateaux pêcheurs sur une large rivière. Aquarelle.   *1 75*

7

14 BAILLY (D.), 1625. Portrait de l'artiste. A la plume, très-fini.

4 75

15 BAKHUISEN (L.). Son portrait en pied près d'une table avec globe, carte et instrument; au fond, le départ d'une flotte. A la plume lavé.

4 25

16 — Tempête, sauvetage près d'un port. A l'encre.

8

17 BARBIERS (P.). Paysage capital avec ruines, pont, cascade, chaumière, figure. Aquarelle.

5

18 — Chemin à côté des dunes, près Harlem. Superbe dessin, au crayon noir.

2 75

19 BARGAS. Nombre de figures, près de bâtiments en ruines. A l'encre de Chine.

1 25

20 BAROSIUS. 12 très-petits sujets de la Passion. A la plume.

3

21 BEGA (C.). Femme assise. A la sanguine.

5 50

22 BEHAM (H.). Seigneurs et dames à table, buvant. A la plume et encre, genre de Holbein.

5 50

23 BERETTA (P.-A.). Plage de Scheeveningue avec bateaux pêcheurs. A l'encre de Chine.

4 50

24 — Rivière avec barques à voiles près d'une ville. A l'encre.

15

25 BERGHEM (N.). Croquis d'une riche composition de bergers assis et debout, bagages près la rivière pour être embarqués, etc. Au crayon.

17

26 — Croquis, études de moutons. Crayons noir et rouge.

9

27 — Bâtiment et ruines. A la sanguine, grand dessin capital.

7

28 — Mulet chargé, ruant. Sanguine.

3 25

29 — Les filles d'Aglaure découvrant la corbeille. Au crayon.

3

30 — Paysage avec chute d'eau. Au crayon.

2 50

31 BERKHEIDE (J.). Femme assise, dormant. Sanguine.

32 BERNARD (J.). Vache couchée. Au crayon. *o*

33 BESANGER, d'après Bega. Mère berçant son enfant, et le mari prêt à boire. Aquarelle, superbe effet de soleil, très-vigoureuse. *1 8*

34 BEYER (J. de). Vieillard et la servante à la porte de l'auberge. — Remouleur et la bonne à la porte de la maison. 2 aquarelles. *5 50*

35 — Village de Kuik, près la Meuse. Aquarelle. *2 75*

36 BING (V.), 1836. Intérieur de chapelle basse, avec tombeau. A l'encre et bistre. *3 50*

37 BISSCHOP (J.). Monuments de belle architecture avec Turcs, au fond, un pont. Au bistre. *9*

38 — Tours fortifiées d'un port. Pendant du précédent. *4 75*

39 BLIECK (D.), 1652. Sujets de carnaval, sauteurs, musiciens. 2 dessins crayon noir. *1 75*

40 BLOEMAERT (A.). Triomphe de nymphes sur des dauphins, tritons. A la plume, bistre rehaussé de blanc. *6*

41 — Chaumière; au verso, étude d'arbres. 2 aquarelles sur la même feuille. *5*

42 BLOMME (P.). Ours terrassant un chien. Sanguine. *1 75*

43 — Vaches couchées. A l'encre. 2 dessins. *5*

44 BLYK (G. J. v. d.). Nombre de barques à voiles sur une grande rivière. A l'encre. *12*

45 Vue de l'entrée d'un port avec fanal. A l'encre de Chine. *24*

46 BOLL (F.). L'ange devant Tobie. A la plume. *4 50*

47 BORSSEM. Paysage avec rivière. A la plume et bistre. *2*

48 BOSCH (J. de). L'Été et l'Hiver. 2 aquarelles de riche composition. *6*

49 — Paysages avec monuments et ruines. 2 charmantes aquarelles. *13*

4

50 BOSIO. Énée sauvant son père Anchise. Bel effet de lumière. Au bistre.

1 1   50   51 BOTH (J.). Chemin conduisant à un pont de pierre, horison de montagnes. Au bistre.

1 5   52 — Grand rocher avec grotte. Dessin très-capital. Au bistre.

7   53 BOTH (A.). Vieux paysan assis. Crayon noir.

5   54 BOUDEWYNS (F.). Paysage montagneux, fabriques, rivière formant cascade. A la plume et encre.

2   55 — Paysage avec figures. Au crayon noir.

5   56 BOUCHER. Vénus et deux amours sur des nuages. A la sanguine, sujet rond.

10   57 — Têtes de jeunes Bacchantes. Sanguine e crayon. 2 dessins.

7   58 — Diane embrassant une colombe. — Autre tête de jeune fille. 2 dessins aux trois crayons.

14   59 — Trois Nymphes sur des nues. Très-beau dessin aux trois crayons.

4   60 BRAUWER. Peintre devant son chevalet. Sanguine rehaussée de blanc.

5   61 BRAY (de), 1651. Cinq enfants tenant une draperie. Titre au crayon.

4   50   62 BREEMBERG (B.). Ancienne ruine pleine de soleil. Crayon et à l'encre.

2   63. — Saint Augustin. Au bistre.

20   64 BREUGEL (J.). Paysage capital, avec figure. Vigoureuse aquarelle.

9   50   65 BRILL (P.), 1627. Paysage montagneux. A la plume et encre.

3   66 BULTHUIS (J.). Intérieur d'une ville. A l'encre de Chine.

4   67 BURG (A. v. d.). Berger et bergère assis près de leurs moutons. Sanguine.

7   50   68 BUYS (C.), d'après Ruisdael. Paysage avec chaumière. Belle aquarelle.

69 — Paysage avec chaumières. A l'encre de Chine.   2

70 — Ruine de Brederode. Au bistre.   1

71 BUYS (J.). Dame assise devant une table. Bel effet de lumière. Au bistre.   3   50

72 — Frontispice et titre d'ouvrages. 2 dessins à l'encre.   1   50

73 — Intérieur plein de soleil, mère et enfant dans son berceau. Au bistre.   5

74 CANTARINI (J.). Mercure et Argus. A la plume.   4

75 CARRACHE (A.). Saint Roch distribuant des aumônes. Dessin capital au bistre avec la gravure.   17

76 CATS (J.). Paysage, rivière Haagsch Schouw, une voiture va passer dans le bac. Superbe aquarelle très-finie.   47

77 — Paysage avec rivière, chasseur tirant près d'un canot. A l'encre de Chine bistrée, très-fini.   4

78 — Jardin d'horticulture, avec visiteurs. Pendant du précédent.   7   50

79 — Paysages avec routes près la rivière, figures. Chariot. A l'encre bistrée. 2 dessins.   9   50

80 — Brebis et jeune bélier couchés. 2 dessins à l'encre et au bistre, très-finis.   13

81 CHALON (C.). Intérieur. Mère avec enfants et berceau. Aquarelle.   7

82 — La Famille près de la maison. Très-belle aquarelle.   9   50

83 CLOTZ (V.), 1671. Vue de la ville de Geertruidenberg. A la plume et à l'encre de Chine.   1   25

84 COCLERS, d'ap. G. Dow. Intérieur d'une boutique d'épiceries : la marchande pèse, une vieille paye, une jeune fille et jeune garçon attendent. Belle aquarelle.   19

85 COK. D'ap. Van Bergen. Bœufs qui se lèchent. A l'encre et au bistre.   2

8 5 0 86 COK (J.-M.), d'ap. Terburg. Jolie dame, costume riche, velours et fourrure, écrivant une lettre. Aquarelle magnifique.

7 50 87 COMPE (J. Ten.). Marché de la tourbe et église neuve à la Haye. A l'encre.

6 88 CRAERANGER (R.). Paysan assis. Au bistre.

4 89 DASVELD (J.). Chien couché. Crayon noir et rouge. Très-beau.

4 50 90 DIETZ (J.-C.). Paysage avec cavaliers, voyageurs. Au crayon et encre. 2 dessins.

18 91 DOES (J. V. der). Bestiaux près d'un monument, plein de soleil. Bistre.

5 92 DOOMER (J.). Vue de la ville de Kalker et Elterenberg. Aquarelle.

5 50 93 — Vue sur le Rhin près Andernach. Aquarelle.

14 94 DOW (G.). Ermite réfléchissant devant un livre. Crayons noir et blanc.

Vuy 9 95 DRIELST (E.-V.). Paysage capital dans le goût d'Hobbéma. Grande aquarelle.

10 96 — Paysage en Hanovre. Aquarelle très-fine.

26 97 — Effet d'hiver. Aquarelle. Pendant.

4 98 — Paysage en Drenthe. A l'encre de Chine.

2 50 99 DRIFT. Paysage, ancien château. Encre et bistre.

5 50 100 DUCQ (J.-E. Le). Cavalier embrassant une musicienne. Sanguine.

7 101 DU JARDIN (C.). Vache et brebis. A l'encre.

2 102 — Étude d'esclave nu. Sanguine.

4 50 103 DUPRÉ (D.). Vue d'une église ronde à Rome. Au bistre.

5 104 — Vue d'un village et rivière. A l'encre de Chine.

1 105 — Paysage avec chaumière, plein de soleil. A l'encre de Chine.

5 50 106 DURER (A.). 3 dessins à la plume, anges et autres figures.

Duval x.x

107 DUSART (C.). Cinq paysans jouant aux cartes. A la plume et lavé.   *8*

108 — Paysan debout. Crayons noir et rouge.   *3*

109 — Paysan à mi-corps tenant une cruche vide. Aquarelle sur vélin.   *5*

110 DYCK (A. Van). Portrait d'un emperur cuirassé. A la sanguine.   *5 50*

111 — Tête de cheval. Crayon noir.   *2*

112 — Adoration des Bergers. A la plume, lavé.   *3*

113 ESSELENS. Paysage avec route. A la plume.   *2*

114 — Chambre à coucher ; la camériste coiffe sa maîtresse. A l'encre, lavé.   *2 50*

115 — Vue d'un parc, prise de l'intérieur d'une grotte. A la plume, lavé.   *3*

116 EVERDINGEN (A. Van). Trois figures au repos dans un paysage rocheux. A l'encre.   *6*

117 — Chaumière et cavaliers. A l'encre. Pendant.   *4*

118 — Barque à voiles entrant dans un port. A l'encre.   *4*

119 FLOCQ (Du). Sujets des OEuvres d'Ovide. A la plume. 2 dessins.   *3 50*

120 FOCK (H.). Paysages sablonneux avec rivière, pêcheurs. 2 dessins à l'encre.   *4 50*

121 GEELEN (C.-V.). Gracieuse et jeune paysanne en buste. Crayons noir et rouge.   *5*

122 GELDER (A. de). Intérieur de famille, mère et enfants et vieux parents. Crayon et lavé à l'encre.   *4 50*

123 — Jésus guérissant un malade. A la plume.   *2*

124 GENOELS (A.), 1719. Paysage boisé et montagneux avec nymphes. A l'encre, très-fin.   *6 50*

125 — Paysage rocheux. Pendant du précédent.   *6*

126 GHEYN (J. de). Cavaliers polonais ou hongrois. 3 dessins. Études au crayon et aquarelle.   *5 50*

127 — Arquebusier, époque d'Henri IV. A la plume et encre de Chine.   *4*

3 50 **128 GLAUBER.** Paysage montagneux avec figures. **A** l'encre.

17 **129** — Paysages arcadiens avec figures, monuments, etc. 2 dessins capitaux à l'encre.

6 50 **130 GOYEN (J.-V.), 1624.** Foire de village avec grand nombre de figures. Lavé à l'encre.

4 50 **131** — Marchand de mort aux rats entouré de monde. A l'encre.

5 **132** — Villages près de rivières garnies de barques. 2 dessins. Crayon et encre.

7 50 **133** — Pêcheurs et pêcheries. Composition avec beaucoup de mouvement. 2 dessins, crayon et encre.

1 50 **134 GRANDJEAN.** Académie d'homme agenouillé vu de dos. Crayons noir et blanc.

7 **135 GRAVE (J. de), 1675.** Vue dans le camp de Limbeick. A l'encre. 4 dessins.

3 **136** — Environs de Bruxelles. Hall et Nivelles. A la plume et à l'encre.

7 **137 GRAVE (J.-E.).** Paysage avec rivière de grande étendue. Aquarelle d'un très-bel effet.

• 4 50 **138** — Berger près des ruines de Brederode. A l'encre.

3 **139** — Paysage aux environs de Harlem. A l'encre.

3 50 **140** — Vue dans le Gyn, route suivant un canal. A l'encre.

2 50 **141** — Maison de campagne aux environs. A l'encre. Pendant.

100 **142 GREUZE (J.-B.).** Vieillard cherchant à séduire une jeune fille avec une bourse ; sa femme le surprend par la porte ouverte. Très-beau dessin lavé à l'encre, avec la gravure par Watelet.

48 **143** — Intérieur de famille. Très-beau dessin lavé, à l'encre et bistre. A été gravé sous le titre de : la *Grand'maman.*

4 **144 GRIENT (C. de).** Marine calme avec vaisseaux à voiles. A l'encre de Chine, très-fine.

145 — Marine avec chaloupes à voiles. Pendant.   *5*

146 GROENEWEGEN, d'ap. Van der Does. Enfant avec chien, boucs et brebis. Aquarelle.   *6 50*

147 — Enfants avec petit chien, brebis, agneau. Pendant.   *3*

148 GROENEWEGEN (G.). Marine calme avec plusieurs vaisseaux et bateaux. A l'encre.   *5*

149 — Marines avec vaisseaux et chaloupes à voiles. Composition capitale. A l'encre. Pendant.   *10*

150 — Intérieur de la ville de Beyerland. A l'encre.   *5*

151 GRUYTER (G.), d'ap. Geirnart. Jeune et belle femme se repose avec un panier. Superbe aquarelle très-finie.   *22*

152 GRUYTER (W.). Rivière calme avec bateaux-pêcheurs à voiles. Aquarelle très-vigoureuse.   *19*

153 GUERCINO da Carpi. Vierge regardant l'Enfant Jésus qui dort. Sanguine.   *22*

154 HAAN (A. de). Château de Woerden. Au bistre.   *1 50*

155 — Paysage avec anciens bâtiments-pêcheurs. Au bistre.   *3 50*

156 HAANEBRINK. Femme assise devant une porte ouverte. Crayon noir.   *2*

157 — Études de têtes d'homme et femme. 3 dessins.   *4 50*

158 HACKERT (P.-H.). Paysage en Italie, vue d'une hauteur. Capital, au bistre.   *9 50*

159 — Paysage avec chemin tournant la montagne. A la plume et bistre.   *2*

160 — Vue d'un bois avec grands arbres. Étude capitale. A l'encre.   *5*

161 HACCOU (J.-G.). Bateau pêcheur à voiles, vent frais. Très-jolie aquarelle.   *4*

162 HAGEN. Village baigné par une rivière. Crayon et encre.   *6*

163 HANSEN (C.-L.). Paysage près Harlem et restes du château de Cleef. A l'encre de Chine.   *5 50*

2 50	**164**	BEENCK (J.). Cormoran ou milan de mer près de l'eau. Aquarelle.
2 50	**165**	— Pingouin près le bord de la mer. Aquarelle.
16	**166**	HENDRIKS, d'ap. P. Potter. Paysage avec bestiaux près de l'eau, bergers dansant près d'une masure. Aquarelle capitale.
6	**167**	HEUS (J. de). Anciens bâtiments sur un rivage. Dessin capital à l'encre.
10	**168**	— Le Colisée, Campo-Vaccino et l'arc de Titus à Rome. A l'encre.
3 50	**169**	HEYDEN (J. Van der). Travaux des pompes dans un incendie. A la plume, lavé à l'encre. 2 dessins.
4	**170**	HIMPEL (A.). Paysages avec chaumière, arbres vigoureux. A l'encre de Chine. 2 dessins ovales.
23	**171**	HOEDT (G.). Mariage d'Alexandre et Roxane. Riche composition. Aquarelle finie.
19	**172**	— Alexandre et Ephestion consultant la prêtresse d'un oracle. Aquarelle finie. Pendant du précédent.
1 50	**173**	HOFMAN. Vue de la rivière de Merwe, près Dordt. Bistre.
5 50	**174**	HOLSTEYN (P.). Noce avec paysans dansant. A l'encre de Chine.
4 50	**175**	HOOGSTRATEN. Intérieur de Palais, riche architecture avec nombre de figures. A l'encre de Chine. Bel effet.
13 50	**176**	HORSTINK. Paysage étendu. Riche composition. Superbe aquarelle d'après Wynants.
17	**177**	HOUBRAKEN. Vénus prête à sacrifier des fleurs au dieu Pan; avec amours. Sanguine très-finie du cabinet de Goll.
18	**178**	HUET (C.), 1728. Chien de chasse près de gibier. Crayon noir rehaussé de blanc.
15	**179**	— Autre pendant du précédent.
3 50	**180**	HUISMANS. Paysages avec cavaliers, figures. Crayon et encre.

181 HULSEBOOM. Paysage avec moulin à eau. A   2   50
l'encre de Chine.

182 — Maison de constructeur de bateau près de   3   50
l'eau. Aquarelle.

183 HUYSUM (J.-V.). Composition de fleurs dans une   25
corbeille posée sur une table de marbre. Aquarelle très-vigoureuse.

184 — Paysages avec rochers, rivière, chute d'eau ;   11
très-finis. A la sanguine. 2 dessins.

185 — Magnifique bouquet de fleurs dans un vase à   44
bas-relief, sur une table de marbre. Superbe aquarelle d'une très-grande vigueur.

186 JAGT (M.), d'après Dujardin. Paysage capital avec   10
berger, brebis. Bel effet de soleil. Aquarelle vigoureuse et très-finie.

187 JANSON (J.-C.). Paysans causant avec paysannes,   15
enfants, au-devant d'une maison. Aquarelle.

188 JANSON (J.). Paysages avec animaux. Aquarelles   9
très-finies. 2 p.

189 JELGERSMA (T.). Marine, calme et agitée. Ri-   2   50
ches compositions. Au bistre. 2 dessins.

190 JONXIS. La proposition. Vieille et jeune Dames   3
regardant un portrait. Vigoureuse aquarelle.

191 JORDAENS (J.). Tête de Bacchus. Aux trois   8   50
crayons. Superbe.

192 — La Pentecôte. A l'encre de Chine.   10   50

193 KERKHOF (D.) Vue de la campagne de Rozendaal,   5
en Gueldre. Aquarelle capitale.

194 — Vue aux environs de Beek. Crayon et encre.   2   50

195 KIERS (P.), 1839. Jeune et belle Poissonnière te-   22
nant une chandelle. Effet de clair de lune. Magnifique aquarelle.

196 KITTENSTEYN. Cavalier et Dame, costumé Louis   22
XIII. Sanguine.

197 KNOPP (J.-H.). Intérieur de cour éclairé par le   5   50
soleil. Aquarelle.

10

198 KOBELL (J.). Vaches couchée et debout, chèvre. Crayons noir et blanc. Dessin capital.

1

199 — Cheval debout et chien couché. Mine de plomb.

3 50

200 KOBELL (H.). Marines, calme et agitée. 2 très-petits dessins ovales. A l'encre.

1 50

201 — Mer agitée. Riche composition. A l'encre.

6

202 KOEKKOEK (J.-H.). Mer houleuse, avec canot et chaloupe près d'une jetée. A l'encre de Chine.

20

203 KONINGH (P.-H,). Paysage dans le goût de Rembrandt. Aquarelle rare.

2 50

204 KONINGH (L. de). Mer agitée, avec barques et navires à voile. A l'encre de Chine.

3

205 — Visiteurs et baigneurs à la marée descendante; vaisseau en panne. Superbe effet. A l'encre de Chine.

3

206 KUIPER (J.). Indien sauvage avec femme et enfant. Aquarelle.

5

207 LAAR (P. de). Paysans italiens et mulets. Crayon noir.

7

208 LA FARGUE (K.). Chemin tournant au bord d'une rivière, près La Haye. Avec figures. Aquarelle.

8

209 LA FARGUE (P.-C.). Intérieur du bois de La Haye. Plein de soleil. Au bistre.

5

210 — Vues de Katwijk et Ter-Hey. Plein de soleil. 2 dessins au bistre.

20

211 LAIRESSE (G. de). Sujet allégorique près d'un tombeau. Dessin capital. A la sanguine.

13

212 — Le Festin de Cléopâtre. Beau dessin. Au bistre.

1

213 LAMBERTS (G.). Vue aux environs d'Utrecht. Au crayon et à l'encre.

3

214 — D'ap. V. de Velde. Vue des Dunes. Aquarelle.

27

215 LANGENDYK (D.). 1773. Le Retour de la Chasse au faucon. Riche composition. Aquarelle capitale.

21

216 — Repos de Chasse; le nègre va servir des rafraîchissements aux dames. Aquarelle. Pendant.

Duval x

217 — Transport des Morts après la bataille. Aquarelle. *9*

218 LANGENDYK (J.-A.), 1805. Marchande de carottes. Aquarelle. *4*

219 — Soldat montant une tente. Aquarelle. *3*

220 — Prieur de morts et Marchand de poissons. Aquarelle. *1*

221 LAQUY (J.). Femme lavant ses mains ; jeune garçon donnant la becquée à de petits oiseaux. Au fond, par la porte, on voit son mari donnant des ordres au jardinier. Aquarelle vigoureuse du cabinet de Ploos, vendue 72 florins. *41*

222 — Médecin saignant une femme soutenue par son mari. Effet de lumière, pendant, du cabinet de Ploos, vendu 40 flor. *18*

223 — Servante arrangeant du poisson dans la cour, près d'une pompe. Au bistre. *4* *50*

224 LECOMTE. Fumeur et homme dansant avec des chiens. 2 dessins à la plume. *4*

225 LE PRINCE. Voyageurs en marche avec des mulets chargés. Sanguine et lavé. *1* *50*

226 LEYDEN (Lucas de). Portrait de J.-V. Leyden, roi des Anabaptistes. A la plume. Superbe. A été gravé. *15*

227 LEXMOND (J. Van.). Paysage avec pont ; chaumière, bestiaux. Aquarelle très-finie. *1808* *14* *50*

228 LIENDER (J.). Château et ville d'Autun, en Bourgogne. Aquarelle. *6* *50*

229 LIENDER (P.). Vues aux environs d'Utrecht. Deux aquarelles. *2* *50*

230 — Vue de Cuylenburg. Aquarelle très-finie. *6*

231 — Deux très-petits paysages, avec rivière. Au bistre ; très-fin. *3*

232 LIERNUR (A.). Vieillard et jeune homme en buste. Aquarelle. *3* *50*

2 50. 233 **LIEVENS** (J.). Entrée d'un bois, avec figures; gros arbre. Dessin à la plume et bistre.

5   234 **LINGELBACH.** Chariot à trois chevaux; que l'on charge; femmes près des bagages. Crayon et encre.

1   235 **LUPENIUS.** Couvent entouré d'arbres, près d'un village. A la plume et bistre.

6   236 **MAAS** (D.) Paysage, avec chevaux et cavaliers au repos. Très-fini. A l'encre.

6   237 **MARATTI** (Carlo), 1770. Mère donnant à manger à son enfant sur ses genoux. Au crayon.

9   238 **MARCUS** (J.-E.), Paysan, femme et enfant se reposant sur un tertre richement accidenté. A l'encre de Chine.

0   239 **MARGAROLIE.** L'Automne,—la Musique. 2 sujets d'enfants. Aquarelle et lavés.

8   240 **MEER** (J. V. D.) de Jonghe, 1689. Brebis, agneaux, bouc, etc. 2 aquarelles.

5   241 — Paysages montagneux. Très-finis. Crayon et encre. 2 dessins.

4   242 **MEILING.** Paysage, chaumière, berger et bestiaux. A l'encre.

3 50 243 — Vaches debout et couchée. Très-fini. A l'encre, sur vélin.

6   244 **MERIAN.** 3 aquarelles; fleurs, plantes et insectes.

4   245 — Superbe fleur, Geranium? Aquarelle sur vélin.

9   246 **MERTENS** (J. C.). Son portrait avec son épouse. Crayon noir très-fini.

3 50 247 — Portrait d'une dame de distinction. Crayon noir très-fini.

5 50 248 **MEULEN** (V. DEN). Trois cavaliers galopant. Crayon noir.

249 MEYER (H.). Riche intérieur hollandais. Cavalier causant avec une dame devant une autre qui tient une guitare ; d'autres boivent au fond. Aquarelle très-fine. — *3 0*

250 — L'Hiver. Chaumière couverte de neige. Petite aquarelle charmante. — *6 . 50*

251 MEYER (C.). Marché de poissons à Rotterdam. A l'encre de Chine. — *4*

252 MEYERING. Paysage en hauteur avec rivière. A la plume. — *?*

253 MICHAELIS (G. J.). Paysage près de Rozendaal. A l'encre de Chine. — *3 50*

254 MIELE (J.). Naissance de la Vierge. A la plume et lavé. — *6*

255 MIERIS (W.). Vieille remettant une lettre à une jolie dame assise près de son perroquet. Crayons noir et blanc. — *1 50*

256 — Lucrèce nue et debout, prête à se poignarder. Superbe dessin. Crayon noir sur vélin. — *13*

257 — Statue de Vénus, appuyée contre un dauphin. Crayon noir sur vélin, très-fini. — *10*

258 MILATZ (F. A.). 1807. Paysage aux environs de Harlem, avec troupeau en marche. Dessin capital à l'encre de Chine. — *2 50*

259 — Paysage avec chaumière. Riche composition. Pendant du précédent. — *3*

260 MOLYN (P.). L'Eté et l'Hiver. Deux paysages. Crayon noir, touches de lavis. — *3*

262 MONI (L. de). Femme lisant. Crayon noir. — *2 50*

263 MONIKS. Fleurs dans un pot chinois : tulipes, coquilles, poissons. 4 aquarelles. — *2 5.0*

264 MOOLENAER. Pêcheur et poissonnière. Crayon noir. — *6*

265 MOREELSE. Jésus et ses disciples à Emaüs. A l'encre sur papier bleu. — *4*

266 — Jeune enfant prêt à tirer de l'arc. A la plume et à l'encre.

267 MORELL. Bouquet de tulipes. Aquarelle.

268 MORGENSTERN. Chef-d'œuvre d'architecture de l'intérieur de Saint-Pierre de Rome, avec figures. Costumes Louis XIV. Belle aquarelle capitale.

269 — Paysage d'une grande étendue. Très-fine aquarelle.

270 MOUCHERON (F.). Paysage montagneux avec rivière. Plein de soleil et fin de ton. A l'encre.

271 — Paysage montagneux avec cerfs dans l'eau. Site sauvage. A l'encre de Chine.

272 MOUCHERON (J.), 1742. Terrasse de palais avec escalier, pavillon, fontaine. Riche architecture. Aquarelle capitale de très-belle qualité.

273 — Ancien tombeau entre les escaliers de la terrasse d'un palais, figures. Aquarelle très-belle.

274 — Paysage avec obélisque et figures. Aquarelle.

275 — Monuments à colonnes, avec fontaine et figures, par J. de Witt. 2 aquarelles, exécutées pour intérieur de salon.

276 — Paysage avec cascade, fabrique, figures, dans le goût de Poussin. Très-belle aquarelle.

277 — Paysage montagneux, rivière cascadant. Aquarelle pleine de soleil, d'un très-bel effet.

278 — 1739. Riche paysage avec tombeaux, statue. Figures à l'encre de Chine et bistre. Superbe.

279 — Coup de vent. Paysage avec rivière et cavalier. A l'encre.

280 MUSSCHER (C.). Portrait de dame de distinction. Crayons noir et blanc.

281 MY (H. V. D.), élève de Mieris. Cléopâtre. Crayon noir très-fin. Sur vélin.

282 NETSCHER (G.), 1673. Dame de qualité à mi-corps. Crayon très-fini.

283 — Trois portraits miniatures. Crayon et lavis. Pourra être divisé.

284 NIEUWENHUYS d'après Rembrandt. 1772. Marchand de mort aux rats. A la plume. Col. de Goll.

285 — Jésus et la Samaritaine, d'après Rembrandt. A la plume. Superbe.

286 NOORDE, d'après Avercamp. Rivière gelée, nombre de figures : patineurs, traîneaux, cavaliers jouant à la crosse. Aquarelle capitale très-fine.

287 — Village avec figures, chariot de foin. Aquarelle.

288 NUMAN (H.). Paysage avec chasseur, rivière et château-fort. Au bistre.

289 — Le coup de vent et autre paysage. 2 dessins. Bistre.

290 NYMEGEN. Tête de Satyre. Crayon rehaussé de blanc. Superbe.

291 OBERMAN (A.). Beau paysage avec sapins et cerfs, près de l'eau. Aquarelle.

292 — Pêcheur près d'une baraque. Effet d'hiver. Aquarelle.

293 — Académie de femme, vue de dos. Crayon noir.

294 OMMEGANCK (B. C.). Monastère ruiné. Grand dessin à l'encre.

295 OS (P. G. V.). Vaches, brebis et chèvres, pâturage parqué. Superbe aquarelle capitale.

296 — Tête de taureau. 1806. Belle aquarelle.

297 — Bœuf broutant. Belle étude aux trois crayons.

298 — Bœuf debout. Etude aux trois crayons.

299 OS (G. J. J. V.). Femme faisant lire un enfant. Au bistre.

300 OS (J. Van). Mer agitée, avec bateau pêcheur. A l'encre de Chine.

301 — Chaumière entourée d'arbres, près d'une rivière. A l'encre. Pendant du précédent.

302 — Paysage, étang et forêt. A l'encre de Chine.

303 OSTADE (A. V.). Paysan et fumeur assis. A l'encre de Chine. 2 dessins.

304 — Six buveurs et fumeurs à table. A la plume et encre.

305 — Trois paysans chantant et deux enfants. Plume et bistre.

306 — Trois paysans, femme et enfant buvant. A la plume et encre.

307 — Paysan et buveur à mi-corps assis. 2 petites aquarelles.

308 PENNING (L.). Mer avec trois barques de pêcheurs et figures. A l'encre de Chine.

309 PERCELLES. Pêcheries au bord de la mer avec village. A la plume, lavé.

310 PFEIFFER (F.). Clair de lune et effet de lumière en hiver dans un village, avec rivière gelée. Magnifique aquarelle.

511 PICART (B.), 1673. Intérieur indien, danse. A la plume, trait d'une grande pureté.

312 — 1698. Vision de saint Jean. A l'encre. Très-beau.

313 — Apparition de l'Ange. Au bistre. Très-terminé.

314 POELEMBURG (C.). Festin des Dieux, dans le ciel d'un paysage de vaste étendue. Riche composition. A l'encre.

315 — Femme presque nue assise, vue de dos. A la sanguine.

316 — Sainte Famille. A la sanguine.

317 POTTER (P.). Pâtre conduisant son troupeau de bœufs et vaches. Sanguine.

318 PRINS (J.). Vieille assise lisant une lettre. Aquarelle. Intérieur.

319 — Effet de neige. Aquarelle.

Duval 15

320 PRONK (C.). Vue de la ville de Deutekom. Aquarelle.

321 — Maison de campagne Velserhooft. Aquarelle très-finie.

322 — Ootmarsum et Niel. 2 aquarelles.

323 — Château de Spyk. Au bistre. Cost. Louis XV.

324 PRUYSENAER. Musicien assis accordant son violon. Belle aquarelle vigoureuse.

325 PUNT (J.), 1749. Femme debout, costume oriental. Sanguine très-finie.

326 QUELLINUS, 1660. Jésus prêchant au peuple. Très-beau dessin. Crayon et encre.

327 QUISPEL (M.). Paysage avec bestiaux, rivière navigable. Aquarelle très-fine.

328 RAPHAEL d'Urbin. La Transfiguration, à la plume, lavée au bistre rehaussé de blanc. Ce beau dessin a fait partie des collections du bourgmestre Six, Walraven et Goll.

329 — Frappement du rocher. Riche composition au crayon noir.

330 RAVENSWAAY. Bestiaux, au bistre. Effet de soleil. Sup.

331 — Ruines du château de Ruviel. A l'encre.

332 — Paysage d'une grande étendue, avec moulin. A l'encre.

333 RECKO (P.), d'après L. Giordano. Diane et Endymion. Aquarelle capitale.

334 REEKERS, d'ap. J. Steen. Vieille attendant la décision du médecin qui tâte le poulx de sa fille malade. Aquarelle vigoureuse.

335 REMBRANDT. Jésus disputant avec les docteurs. Riche composition à la plume.

336 — La Transfiguration ou Résurrection. A la plume.

337 — David tenant la tête de Goliath. A la plume.

338 RIDINGER (J.-E.), 1757. Deux lévriers accouplés. — Chiens attrapant un lièvre.

339 — Levriers et chiens de chasse. 2 dessins. Crayon.

340 RIETSCHOOF (R.). Mer, vent frais avec vaisseaux à voile. A l'encre.

341 RITTER (N.). Officier enveloppé dans son manteau. Crayon noir.

342 — Le Peintre, le Laboureur, l'Astronome, etc. 3 dessins. Crayon noir. Hommes debout.

343 ROGHMAN (R.). Vue d'une porte de Leyde. Crayon noir et lavé.

344 ROMAIN (Jules). Triomphe d'un empereur romain couronné par la Victoire. Bas-relief à la plume, lavé.

345 ROMYN (W.). Paysage rocheux avec bestiaux. A l'encre de Chine.

346 ROSSUM (G. Van). Village près d'une rivière, avec bestiaux, canards. A l'encre de Chine.

347 ROTTENHAMER. Vénus et l'Amour dormant surpris par trois satyres. Crayons noir et rouge.

348 RUBENS (P.-P.). Allégorie sur le Triomphe de la Religion. Dessin très-capital aux crayons noir et blanc, lavé à l'encre de Chine, avec la gravure par Snyers. 2 p. provenant du cabinet Goll.

349 — Tête d'enfant. Crayon et aquarelle.

350 — Tête de jeune fille. Crayon et plume.

351 RUE (De la). Paysages, rivière et bestiaux, figures. 2 aquarelles.

352 RUGENDAS. Combats de cavalerie. A l'encre de Chine. 2 p.

353 RUST (J.-A). Mer agitée avec chaloupe à voile près de pilotis de jetée. Encre de Chine.

354 RUYSDAEL (J.). Torrent entre des rochers garnis de pins. Crayon et lavé.

355 — Ruines du château d'Egmond. Lavé à l'encre.

356 — Chaumières, baraques près d'un canal. A l'encre.

357 RYK (J. de). Berger gardant ses brebis et chèvres près d'une chaumière. A l'encre de Chine.

358 — Groupe de moutons et bélier. A la sanguine. Superbe dessin.

359 SADELER (Eg.). Portrait de Torrentius. Aux trois crayons.

360 — Le Christ inspirant le docteur près des malades. A l'encre de Chine.

361 SAENREDAM (P.), 1650. Intérieur de l'église de Harlem, avec inscription et signature. Aquarelle capitale.

362 — Intérieur de la même Eglise d'un autre côté. Crayon noir. Papier bleu.

363 SAFFT. Femme nue prête à se baigner dans un bassin de jardin. Aux trois crayons.

364 SAFTLEVEN (C.). Lapin, grandeur naturelle. Crayon et aquarelle. Superbe.

365 — 1627. Figure diabolique, fantastique. A la plume et bistre.

366 SALVIATI. Étude, tête d'hommes, jambes. A la sanguine.

367 SCHELFHOUT (A.). Paysage capital plein de soleil, avec moulin à eau. A l'encre de Chine.

368 — Bords de Scheveningue avec bateau pêcheur. Au bistre.

369 SCHELLINGS (W.). Paysage de grande étendue. Crayon noir.

370 — Ruines d'une porte près la rivière. A l'encre.

371 SCHONK. Vue d'un château et village. 2 dessins à l'encre de Chine.

372 SCHOTEL (P.-J.). Marine agitée avec chaloupes et bateaux pêcheurs à voiles près d'une jetée. Aquarelle très-capitale.

373 SCHOTEL (J.-C.). Mer calme avec vaisseaux et chaloupes à voiles, canot, près la côte. Riche composition à l'encre.

374 SCHOUMAN (A.), d'ap. Ostade. Vieux paysan lisant des nouvelles à un joyeux buveur prêt à boire. Superbe aquarelle.

375 — D'ap. V. de Velde. Vue près de Middagten et Dieren. Riche composition avec troupeau, meute de chiens. Aquarelle capitale du cabinet de Ploos.

376 — D'ap. V. der Does. Chasse au cerf dans la rivière, près de troupeau. Aquarelle.

377 — Canard du cap. Aquarelle.

378 — Fleurs, pavots et iris. 2 aquarelles.

379 — Bécasse et autre oiseau. Aquarelle.

380 — Canard qui chante. Aquarelle.

381 SCHOUMAN (M.). Mer très-agitée avec fanal, plusieurs vaisseaux à voiles. Aquarelle capitale.

382 — D'ap. Backhuysen. Mer agitée avec vaisseaux désemparés; au fond, la côte montagneuse avec port. A l'encre de Chine.

383 — Mer agitée avec vaisseaux et chaloupes à voiles. Très-belle qualité. A l'encre de Chine.

384 — Navire en carène et autres en construction. A la plume, lavé.

385 — Vue d'un port; nombre de vaisseaux que l'on travaille. Très-beau dessin à la plume, lavé.

386 SCHWINKHARDT (W.). Village et rivière glacée. Très-riche composition. Aquarelle capitale. Superbe.

387 SERNE (A.). Église au milieu d'un village près d'une rivière. À l'encre de Chine.   *2*

388 SLINGELANT (P. V.). Dame assise sur une balustrade. Aquarelle très-finie sur vélin. Très-rare.   *20*

389 SMAK GRÉGOOR. Bel arbre au milieu d'un paysage riche, plein de soleil. Crayon et encre.   *7 6*

390 SNEYDERS (F.). Tête de sanglier. Crayons noir et rouge.   *10 50*

391 SOUKENS (H.), 1704. Riche composition de paysage avec ancien bâtiment et grand nombre de figures au crayon et encre.   *5*

392 — Ruines d'anciens bâtiments et figures. À l'encre.   *4*

393 SPILMAN (H.). Village et son clocher. Très-fini. À l'encre de Chine.   *2 85*

394 SPRANGER. Vénus et Cupidon sur des nuages. Crayon, plume et lavé.   *3 50*

395 STEINMULLER. Paysage capital. Maréchal-ferrant, voyageurs, etc. À l'encre de Chine.   *5 50*

396 STEYNER (C.). Campagne d'Italie. Grand dessin au bistre.   *7 50*

397 — Paysage italien avec lac. Au bistre. Pendant.   *5 50*

398 STOKVISCH. Vache debout. À la sanguine. Sur papier de Chine.   *2 50*

399 — Pont rustique à l'entrée d'un bois, à La Haye. Crayon noir.   *0*

400 STORCK (J.), 1676. Port du Levant avec galères, bateaux et figures, fontaine, etc. À l'encre.   *9*

401 STRY (J. V.). Berger conduisant son troupeau dans un gué. Au bistre.

402 STRY (A. V.). Homme assis. Au bistre.

403 — Femme mettant ce qu'elle épluche dans un sceau Crayon noir.

404 TAERLINK, d'ap. Both. Berger, conduisant sa vache, cause avec un homme assis sur un mulet. Aquarelle capitale.

405 TANJÉ (P.). Diane découvrant la grossesse de Calisto. A la plume et à l'encre.

406 TAVERNIER. Paysages avec châteaux et villages. 2 aquarelles.

407 TEMPEL (A.). Portrait d'un homme de qualité. Mine de plomb très finie, sur vélin.

408 TENIERS. Famille de paysans disant le *Bénédicité*. Plume lavée.

409 — Paysan conduisant des cochons. Mine de plomb.

410 TERBURG (G.). Étude de femme debout. Crayon.

411 TESTA (P.). Philosophes discutant après le repas. Au bistre.

412 THIM (K.). Marines calme et agitée. Belles compositions très-finies, à l'encre.

413 TITIEN. Grand nombre d'amours jouant devant la statue de Vénus. Au bistre, capital.

414 TOORENBURG. Porte de Delft, à Rotterdam. A l'encre.

415 TROOST (C.). Plusieurs seigneurs fument et boivent près d'un pavillon, dans un parc. A l'encre de Chine. *15*

416 — Scène de comédie : la Sentinelle trompée. Aquarelle. *5*

417 — Cavalier Louis XV, arrivant à une auberge Aquarelle très-belle. *7*

418 — Tête de Chérubin. Crayon de couleur rehaussé d'or. *9* *9V7*

419 UIL (J. de). Paysages à la plume et bistre très-finis, rares. Deux dessins. *5 .50*

420 ULFT (J. V. D.). Madoni d'Herakoli langs den Tiber, 1673. Au bistre. *10 50*

421 — Anvers, vue du château. Au bistre. *8*

422 UPPING (W.). Paysage plein de soleil, avec bestiaux, femmes causant. Aquarelle d'une grande finesse. *12 .50*

423 — Bergères et leurs moutons. Aquarelle très-fine. *14*

424 UYDTDEWAAL (J.). Diane et Actéon. Au bistre. *2*

425 VANDERBANCK, 1730. Cavalier au trot. Bistre. *3 50*

426 VELDE (A. V. de). Vache couchée. A la sanguine. *7 50*

427 — Académies d'hommes assis. Sanguine. *2*

428 VELDE (W. V. de). Marine calme, matelot vu de dos sur le rivage, canot avec trois figures, au fond vaisseau de guerre et autres. Dessin d'un ton argentin et d'un bel effet, à l'encre de Chine. *25*

429 — Marine calme, canots conduisant du monde pour les embarquer, nombre de vaisseaux à voiles. Au bistre. *10*

430 — Vaisseaux, barques, etc., près d'une jetée. Mine de plomb très-finie.

431 — Mer calme, avec vaisseaux de guerre. A l'encre de Chine.

432 VERBEEK (P.). Cheval hennissant, attaché à un mur. A l'encre de Chine.

433 — Cheval retenu par un cavalier. A l'encre, pendant.

434 VERCOLIEN (N.). Enfants de qualité jouant avec un chien. A l'encre.

435 VERHEYEN (J. H.). Vue d'Utrecht, avec bateau sur le canal, figures. Très-belle aquarelle.

436 VERSCHURING (H.). Bagages d'armée, cavaliers conduisant des chevaux. A l'encre de Chine.

437 — Marché avec chevaux, etc. A l'encre. Très-beau.

438 VERTANGEN (D.). Famille de Satyres, deux dansent. Au bistre.

439 VINCI (Léonard de). Deux Grecs forment un vase, près d'une statue. A la plume.

440 VINKELÉS (A.). Le Manége, damé sur un cheval blanc, cavaliers, écuyers. Aquarelle.

441 VINKELES (R.). Vue de Willemstadt, après le siége, en 1793. A l'encre de Chine.

442 VINNE (V. der). Paysage avec bestiaux. Au crayon, genre de Berghem. Deux dessins.

443 — Vue d'un canal, route à Utrecht. Très-fini, à l'encre.

Jun XXV

ou XL

ou 1.

444 VISSCHER (C.), 1664. Seigneur la main sur sa poitrine. Très-beau, au crayon noir.

445 — 1657. Tête de vieille. Crayon noir.

446 VITRINGA (W.). Bateau pêcheur au milieu de l'eau. A l'encre.

447 VLETTER (de). Enfant. — Buste de faucheur. Deux études crayon noir.

448 VLIEGER (S. de). Ruines de Brederode. Crayons noir et blanc.

449 WALDORP (d'ap. RUBENS). Jeune dame en chapeau de paille, tenant un miroir et ajustant son bouquet. Aquarelle très-vigoureuse.

450 WALL (V. de). Bestiaux au repos près d'un saule. A l'encre de Chine.

451 WANUM (A.). Vue du Kil, près Dort. Bel effet, à l'encre.

452 WATELOO (A.). Paysage, vaste étendue, village, rivière. Aquarelle fort rare.

453 — Panorama de Schenkenschans. Grand dessin capital et vigoureux, à l'encre.

454 — Porte et moulin près d'un canal. Très-capital, à l'encre.

455 — Porte ruinée, à Brederode. Plume et encre.

456 — Canal passant devant un village. Crayon noir.

457 — Paysage en hauteur, effet d'hiver. A l'encre.

458 WICART (N.). La rivière de Lek, avec chaloupes, canots, etc., d'après nature. Aquarelle.

459 — Village près d'une rivière. Au bistre.

460 WITHOOS (A.). Geranium.—Clematis passiflora. 2 fleurs. Aquarelle.

461 WITT (J. de). Tête d'un très-joli enfant, grandeur naturelle. Très-beau pastel.

462 — Tête de chérubin. Crayons rouge et noir.

463 — 1748. Bas-relief de quatre Enfants, représentant les quatre Éléments. A l'encre de Chine grisaille, de grand relief.

464 — Bas-relief. Quatre Enfants représentant les arts libéraux, soutenant le médaillon de Minerve. A l'encre.

465 — Le Christ mis au tombeau. Plume et bistre rehaussé de blanc.

466 — Trois Amours voltigeant sur des nuages. Sanguine.

467 WOLF, d'après Ostade. Fumeur assis. Très-belle aquarelle.

468 WONDER et PFEIFFER. Études. Enfant. Sur vélin. Femme tenant une cruche. 2 sanguines.

469 WORST (J.). Vue de Vienne en France. A l'encre de Chine.

470 WOUVERMANS (Ph.). Marche d'armée, la trompette sonne, nombre de figures de paysans qui regardent. Dessin capital, crayon et lave.

471 — Trois paysans se reposant. A la sanguine.

472 — Cheval mort. A la sanguine.

473 ZAFTLEVEN (H.), 1674. Ruine avec l'inscription   *41*
et signature. Aquarelle.

474 — Pont et bâtiment ruiné. 2 dessins crayon et   *5*
encre.

475 — Bords du Rhin. — Vue d'une vallée. 2 dessins,   *1 50*
crayon et encre.

476 — Chantiers de construction de bateaux. 2 des-   *2 50*
sins bistre.

477 Paysages de grande étendue. Crayon et encre.   *3*
2 p.

478 — Ancien château avec pont-levis.— Parc. 2 des-   *6*
sins au bistre.

479 — D'ap. P. Bril. Paysage rocheux avec bestiaux.   *2*
Crayon et bistre.

480 — Vue des remparts d'Utrecht. 2 dessins bistre.   *2*

481 ZUCCARO. Sculpture pour angle de plafond. —   *1 50*
Groupe d'enfants, etc. Plume, bistre et blanc.

482 — Frise. Prisonniers amenés devant un empereur   *4*
romain A l'encre de Chine.

GOUACHES

483 AGRICOLA. Serin canari sur une branche. Belle gouache, très-fine.

484 — Tulipe et autres fleurs attachées d'un ruban bleu.

485 BARBIERS (P.). Intérieur. Postillon écoutant une vieille qui lit une lettre, oubliant son cheval qui effraye l'hôtesse en venant chercher son maître. Aquarelle gouachée.

486 BATTEM (VAN). Paysage montagneux, cascades, pont rustique, chasse au cerf. Superbe, très-fine.

487 — Village au pied d'une haute montagne, surmontée d'un château. Très-belle.

488 CHALON (L.). Vue au bord du Rhin, avec bateaux, figures. Belle gouache sur vélin.

489 — Hôtellerie au bord du Rhin, avec bateaux chargés de marchandises. Belle gouache sur vélin.

490 HENGSTENBURG. Groupe de fruits. Raisin noir et blanc. Superbe gouache sur vélin.

491 — Perroquets. Trois oiseaux différents. Très-belle.

492 HOLBEIN (H.). Portrait du bourguemestre Boom, d'Amsterdam. Miniature.

493 KNIP (M.-D.). Pont Maurice, en Suisse. Belle gouache, très-fine.

494 — La forêt Maolta, en Suisse, avec rivière cascadant. Pendant du précédent.

495 MEYER (H.), 1780. Vue d'une ville avec rivière, glacée, effet de lune, patineurs, festin sous une tente, effet de lanterne. Grande et belle gouache très-capitale du cabinet Gildemeester, vendue 129 florins.

496 — Moulin à eau, avec lointain. Petite gouache ronde de la plus grande finesse et beauté.

497 MOUCHERON, d'après Poussin. Paysage rocheux, avec sujet de Pan et Syrinx. De la plus belle qualité et finesse.

498 RAUSNER. Paysage montagneux, avec ruines; paysan conduisant deux ânes chargés. Très-capital.

499 — Paysage boisé, avec figures, charrette. Superbe pendant du précédent.

500 — Pêcheurs dans un paysage plein de soleil. Très-fini.

501 — Deux chênes superbes, paysage avec voyageurs. Très-fini.

RENOU et MAULDE, imprimeurs de la Compagnie des Commissaires-Priseurs rue de Rivoli, 144.   9153

16.85

www.ingramcontent.com/pod-product-compliance
Lightning Source LLC
Chambersburg PA
CBHW060444260626
47161CB00005B/2054